盛开之后不止有凋落

还有五彩花瓣铺成的地毯

李宗航　　　著

周　璇　　　注

徐俊国　　插图

中国海洋大学出版社

青岛

图书在版编目（ＣＩＰ）数据

绿鸟诗集 / 李宗航著. -- 青岛 ： 中国海洋大学出版社，
2018.9

ISBN 978-7-5670-2005-4

Ⅰ. ①绿… Ⅱ. ①李… Ⅲ. ①诗集－中国－当代

Ⅳ. ①I227

中国版本图书馆CIP数据核字（2018）第228180号

出版发行	中国海洋大学出版社	
社　　址	青岛市香港东路23号	邮政编码　266071
出 版 人	杨立敏	
网　　址	https://www.ouc-press.com	
电子邮箱	zhanghua@ouc-press.com	
责任编辑	张华	
印　　刷	青岛海蓝印刷责任有限公司	
版　　次	2019年1月第1版	
印　　次	2019年1月第1次印刷	
成品尺寸	140 mm × 203 mm	
印　　张	5.5	
字　　数	41千	
印　　数	1－3000	
定　　价	36.00元	

发现印装质量问题，请致电 13335059885，由印刷厂负责调换

　　李宗航，笔名绿鸟，2001 年 3 月出生，山东青岛人，现为青岛二中高三学生，青岛小作家协会副会长。好诗文，在多家报刊发表文章，并多次获奖。12 岁出版长篇童话故事集《欢欢乐乐历险记》（花城出版社），获第十一届文心雕龙杯"全国十佳校园小作家"称号。

　　周璇，山东青岛人，传播硕士在读。

　　徐俊国，诗人，画家，首都师范大学驻校诗人，北京大学访问学者。

序：被诗歌塑造的人

温奉桥

诗歌之于中国人的精神和心灵生活，其意义无论怎么估计都不为过。诗歌是每个中国人心灵和情感的密码，无论我们走到哪里，只要我们还记得屈原、陶渊明、王维、李白、杜甫、苏轼等，我们就不会迷失。在很大程度上，我们每个中国人，都是被诗歌塑造的人。

诗歌是中国人的精神宗教。诗歌在中国人的生活中，事实上起到了宗教的作用，甚至比一般宗教起到了更多的道德的美育作用。我们还不会说话时，母亲已经为我们吟诵"床前明月光，疑是地上霜"，我们的文化记忆、情感体验、审美范式就在这些诗句的代代吟诵中逐渐形成。孔子说，"不学诗，无以言"。诗歌事实上成了中国人的精神宗教，它塑造着整个中华民族的心灵。"蒹葭苍苍，白露为霜。所谓伊人，在水一方。""关关雎鸠，在河之洲。窈窕淑女，君子好逑。"这些古老的诗句绝不仅仅是审美体验，作为一种文化密码，还教给了我们如何生活，即生活的道德感，这里的"伊人""淑女"，体现的其实是一种文化道德感，本质是一种民族文化的价值认同和情感模式。

说来有趣，2012年我在斯坦福大学访学，暑假期间，我有机会到美国爱荷华州的小城埃姆斯小住，房东是一个华人，去了德国，在这个美国中部小镇，找一本中文书也许比找一家中餐馆更难，好不容易找到的唯一一本中文书竟是注音版《唐诗三百首》，这是房东给女儿读的，我特别感动。中国人无论走到哪儿，诗歌都是他们的精神家园，是文化的根，是他们心中永恒的"圣经"。

罗曼·罗兰曾说："要有光！太阳的光是不够的，必须有心的光明"，诗歌就是照耀人类心灵的"光"。诗歌是人类生命与存在的最高表现形式。如果把人类文化比喻成火的话，诗歌就是最美丽的火焰。诗歌，表现了人类感性的极致之美。我总觉得诗歌与数学本质相通，数学是人类的理性之美，用最简单的形式表达这个世界最完美的理性精神，诗歌则是人类的感性之美，用最简单的形式表达这个世界最美的感性体验。诗歌，本质是通过语言的奇妙组织来理解和传达生命的意义，诗歌更接近人类的心灵和精神本原。

李宗航很早就表现出了对文学的浓厚兴趣，12岁时出版了童话集《欢欢乐乐历险记》。随着年龄的增长，兴趣也从童话转移到诗歌，这便是《绿鸟诗集》的由来。在一定意义上，《绿鸟诗集》是一个独特的生命见证者，这一首首诗，像化石一样保留了一个少年内心的全部秘密，连同他对这个世界的感受方式。李宗航用一种真正诗歌的方式感知和表现着这个世界，《绿鸟诗集》是少年心灵中流淌出来的潺潺溪流，清澈，明快，《绿鸟诗集》是年轮，是光影，是记忆，也是挽留。不必讳言，《绿鸟诗集》中的有些诗还显稚嫩，然而，春天的嫩芽，谁又能责怪它不够坚强呢？

《绿鸟诗集》的独特之处还在于，每一首诗

都配有周璇散文诗般的诗性文字，诗与文互融共生，相映成趣。周璇的文字充满了同样的诗意和诗趣，既是阐释，也是一种呼应。《绿鸟诗集》中的文字都是性灵的产物，是从纯净心泉流淌出来的生命之水。

是为序。

（温奉桥：中国海洋大学文学与新闻传播学院教授，王蒙文学研究所所长，文艺评论家）

目 录

我喜欢的云比白还要白　　　　　　　I

一滴　　　　　　　　　　　　　　　4

很久是多久　　　　　　　　　　　　6

九月　　　　　　　　　　　　　　12

妄想　　　　　　　　　　　　　　14

深渊的尽头　　　　　　　　　　　16

星空幻想　　　　　　　　　　　　18

逆　　　　　　　　　　　　　　　20

稚　　　　　　　　　　　　　　　24

漂　　　　　　　　　　　　　　　26

狮子狗　　　　　　　　　　　　　28

钟楼　　　　　　　　　　　　　　30

舞　　　　　　　　　　　　　　　33

永恒　　　　　　　　　　　　　　35

送你一个微笑　　　　　　　　　　37

小太阳　　　　　　　　　　　　　42

无人机　　　　　　　　　　　　　44

致大地　　　　　　　　　　　　　46

致海鸥 48

路 50

蝉鸣 56

绿鸟 59

放飞 62

老虎 66

龙猫 68

假如我有一台时光穿越机 70

云 73

巷 78

守望 81

致青山 83

挂上一朵云 85

笙 89

潮 91

白云之上 93

海天一色 98

我写给我 101

之所以美 103

金墨镜 105

听风者 107

冰 109

桂香　　　　　　　　　　　　　　114

一个梦　　　　　　　　　　　　116

闪光　　　　　　　　　　　　　118

星星升起来了　　　　　　　　　120

海的彼岸　　　　　　　　　　　122

旅人　　　　　　　　　　　　　124

说走就走　　　　　　　　　　　128

怅望台阶　　　　　　　　　　　131

夜　　　　　　　　　　　　　　135

飘　　　　　　　　　　　　　　140

失落　　　　　　　　　　　　　142

梦里花开时，一切就忘掉吧　　　144

离人　　　　　　　　　　　　　146

回忆的继续　　　　　　　　　　149

一首撕碎的诗　　　　　　　　　152

希望　　　　　　　　　　　　　154

欢乐森林札记　　　　　　　　　158

我喜欢的云比白还要白

我喜欢的云比白还要白

就像雄鹰可以肆无忌惮地在天空作画

我喜欢的树比绿还要绿

就像密林深处藏着一座永远不被发现的小屋

我喜欢的海比蓝还要蓝

就像海龟永远漂泊却留在故土

我喜欢的世界比透明还要空无

就像不经意间帷幕落下

却悄然无声

在一个无比白的世界，请以你的名字呼唤我

天气转暖，似乎新年过后就再没有白雪的迹象了。枯枝苍白的冬日，应该没有什么比白雪更为纯粹。这原本就是一个光怪陆离的世界吧。绿色密林深处藏着一处竹林小屋，春风白日不到之处，青春照样萌动。大哉乾乎，刚健中正，纯粹精也。只要至真至精，纯粹不仅是白，还是桃花开、杏花开，是绿，是蓝，是万物的色彩斑斓。

纯粹的初衷是什么呢？

大概是在梅雨时节的教室，绿子圆圆地撅起嘴唇，把烟缓缓地吐在渡边君的脸上：

"喜欢我的发型？"

"好得不得了。"

"如何好法？"

"好得全世界森林里的树统统倒在地上。"

"真那样想？"

"真那样想。"

纯粹的深入是什么呢？

大概是海桑的期待与告白：

如果你来看我，请告诉我吧

哪怕现在就说，哪怕现在就说

在你启程之前，我就开始幸福了

一滴

无限走进旋转中的钟表
站在指针的轴心上
除了这个点
世界无时无刻不在翻滚着

如果指针转得快一些
那些树木将不断把新生的绿叶撒在地上
天空明暗变换如警灯一样高速闪频
都市的摩天大厦如春笋般长出
还有那地球的皮肤也渐渐苍老

但，如果指针突然停止
那一切都静了
除了一滴水
缓缓地、慢慢地……
竖直落了下来

时间 加一滴永恒

再看到萨尔瓦多·达利的那幅《记忆的永恒》，好像时间真的停留在已经瘫软的钟表上。在这巨大的空旷之中，在荒凉的海湾背景下，世界不再有一丝的波动，绝对于静止。静止于轴心，再走不进旋转的钟摆，树叶定格在空中再落不下来；静止于梦境，在回顾时付之一笑，就不能释怀且整日无法逃脱；静止于停止的秒针，竖直的那一滴水，晶莹于阳光的投射，终不能缓缓滴落。时钟行走的速度终究是不能随心而改变的，如果可以，在那些树枝把新叶撒于大地、楼宇如春笋般长出的瞬间加一滴永恒，纷纷不可忘却。

很久是多久

很久

是白驹　是飞箭

是沙漏中不断滴落的时间

很久

是海峡　是港湾

是被忘却的无法升起的白帆

很久

是书卷　是灵感

是千言万语汇于跃动的笔尖

很久

是日记　是相片

是涌上心头挥之不去的思念

很久

是风起云涌　是长夜漫漫
是身处异地却共同仰望星河灿烂

很久
是四海之内　是天地之间
是回首再相见又只能天涯若比邻的誓言

很久
是阴阳相隔之际
是安然笑默于坟前
是我在墓碑上留下的永恒图案

那么
很久是多久
是岁月正好
是你依旧近在眼前
是我可以当面对你轻轻道一声
"晚安！"

过了很久很久

久违的一场雪。风吹啊，欢笑啊，挥手啊，像诗人美好到触心的话洋洋洒洒。阳光在一片皑皑中显得尤为刺眼，光秃秃的树枝裹上了绒毛，成为只只可爱的触角，嗅着空气中的那抹最清新，戳破了可乐在冰冻前一瞬间被摇晃出的气泡。渐渐地，雪花因承受了阳光炽热的爱而化作水珠，晶莹跌落。

过了很久，日记相片也抹不掉涌在心尖的思念，你可知道雪花对坚贞的向往，就是化作水珠也渴望着爱。

很久以后，身旁长者手指轻抚着老照片，串串珍珠挂满了眼角，他问啊，很久是多久？很久是天干地支，六十年一甲子；是钩月依偎在蓝布，总能翻过远处山间的云雾走到亚布镇的山洼地；是生命中不能承受之轻，是"从现在，我心中已经听到来自远方的呼唤，在不需要回过头去关心身后的种种是非与议论。我已无暇顾及过去，我要向前走。"

照片夹在册子里，封存已久。老照片的某个角落，樱花飘落，你不说，我不说，是你静静地参与了我的人生。

九月

九月就像

鲸的眼里

那永远深蓝色的火种

它将

汹涌出与大海一样的火焰

烧灼着落后的人们

后来的时间，都始于九月

　　九月是一只肥肥的渐层英短。初见它时，它正窝在专属的垫子里面熟睡，阳光洒在它身上，暴露在空气中，灰色、白色的毛熠熠发光，每一根胡须都显得清晰。它不一样，跟任何一只别的猫不一样，即便是小鱼干，也叫不醒它的。在吵扰如喧市的整间屋子里，阳台是一片净土，而九月则是遗世独立的那一只。九月不喜看客捏自己的爪子或摸自己的肚子，每当有人触碰，它会生气地咕咕作声，却也懒得睁开眼睛看这刺眼的世界。即便扒拉开它的一只眼，也只有那一眼的不屑和淡然，它是在说："我想要睡过去，请别打扰只属于我自己的世界。"

妄想

你跃上了星火
化作烟花的寂寞
从寂寞到轰鸣

你遁入了黎明
沿旭日张贴云翳
抹掉海的边缘

你蔓延了回声
湮没空谷中的流岚
洗去蓓蕾的倦容

你消散了殊途
也撕碎了赤裸的梦
这不是终点，而是路

星火或是黎明，你说了算

去做一个正在做梦的人，纵身一跃去星火，看烟花都读不懂的寂寞；去做一个能够参梦的人，避世遁隐到黎明里，沿海线日光张贴云翳；去做一个勇敢有力的发声者，掷地有声，拂去不安与悸动；去做一个唇红齿白、艳丽英气的灌溉者，洗去空谷中蓓蕾的倦容；去做一个永不回头的筑梦者，即使眼前梦被撕碎，也更懂得"纵有疾风起，人生不言弃"，即使你只是个妄想者。

深渊的尽头

顺着溪水
我走入一个黑洞
洞内斗转星移
我便陷入了深渊

坐在小船中
徘徊在茫茫黑夜里
感受黑夜里的温度
冰河间的温度

一盏油灯
照亮了一片水洼
开阔地都淤泥中
仿佛显露出前人的脚印

脚印通向深渊的尽头
似乎通向灯火阑珊的地方

夜夜笙歌的远方

耳畔
渐渐传出呦呦鹿鸣
渐渐响起渺远的钟声
回头
脚踩着厚厚的淤泥
重返深渊的尽头

是远处的光啊

跟着溪水走到星光璀璨，才能感受到冰河间
的温度，一盏油灯照亮整片水洼，淤泥都闪着可
人的光。跟着整片泥土的排排脚印往前走，是
前人的脚印带着绿鸟走向灯火阑珊处。如若在树
深时耳畔响起钟声，请记得回头看看淤泥中的脚
印，是顺着清澈一路走来。在深渊的尽头啊，不
只有黑暗，还有温柔的诗和无尽温暖的光。

星空幻想

随着风飘上天空
漫步在天宇栈道上
银河从脚下流过
北斗在头顶闪烁

头顶光环的天使
乘着微冷的夜风
轻轻飞了起来
朝我魔棒一挥
我也变得闪闪发光

骑着天马的斗士
披着绿色的晨光
疾驰到我面前
对我法杖一点
我也变得轻飘飘的

一颗流星飞过

我一跃而起

抓住了它的尾巴

随着它飞向银河深处

寻找自己落脚的地方

因为

我要扮演一颗不亮的星星

照亮角落里那个不亮的影子

我是角落里最亮的那个影子

几米说，喜欢躲在角落的小孩，常被说是孤僻。但或许，他是在看星星，璀璨，耀眼，闪着光。照耀着漆黑的夜空，照射出角落里一抹最亮的影子，孤独坚毅。

逆

一阵风吹来
树叶飘起
挂在了树上
花瓣纷飞
悬在了枝头

老人静静地后退一步
红炽的太阳便升起一点
影子顿时挺拔
向东方延伸出去

烟囱吸了一大口烟
吸到肚子中的熔炉里
随着火光结成了黑石
被人们埋在地下
这样，万年以后
它们就可以长成参天大树

而我
原本紧绷的脸
笑了
原本嘈杂的心
也放空了

最棒的时光莫过于逆而成长

时光是一位英姿挺拔的长者，海岸夕阳，影子延伸向东方。一阵风吹来，树叶纷飞，花落枝头，吹斜了囱口的轻烟，吹进了盛满火花的熔炉。时光是一颗叛逆的种子，像生命中微小而珍贵的片段，寂静不作声地，身着火光，结成曜石，在空气中颤抖，在深土里等待，长成参天大树。像学校操场上放纵青春的孩子，一直想要挥别童年，成为大人。

做一枚小小的太阳，发出万丈光芒，照耀着排排小树，散发出巨大能量。给自己坚定的信念，做世界的主宰。

稚

北风在枫叶上打了结

让它不再掉下来

那年的故事我还会写

岁月磨砺的信笺在人海中搁浅

盛开的时间一错再错

承诺显得更加单薄

我在路口悄悄对你说"爱"

你却不知道我何时会回来

等我长大了，你会回来吗

你会回来吗？

会的。年至除夕，我就回来。

于是留守的孩子望着远行的父母，北风吹落

了树叶，一走就是几年。

你会回来吗？

会的。桃花盛开，我就回来。

于是热恋的女生望着穿进云层的飞机，阴雨晴日，一个又一个春夏秋冬，一别便成了回忆里的旧爱。

你会回来吗？

会的。等你读完时光这本书，岁月搁浅，我就回来。

是的，时间的花盛开了，五彩也斑斓，稚嫩也纯粹，信笺随人海漂流而充盈起来，即使不知你何时会回来，但一定充满了爱。

漂

从南方的椰林到北方的雪山

从西部的戈壁到东部的海滩

从夏威夷的火山岛到阿留申的冰川

从非洲的好望角到加勒比海的深渊

从遮风挡雨的茅屋到高楼挺立身板

从纸鸢百尺飘摇到遨游无尽穹天

从躲避天灾人祸到猖獗改造大自然

从破解阴阳之说到再次陷入种种谜团

从简单到困难

从喜悦到悲惨

从混沌天堂到逍遥人间

从障碍重重到最后无羁无绊

就像路途如此遥远

遥远而又艰险

我却一边走一边抬头看

看那悠悠蓝天……

漂向三月的远方

　　距离真是不能再遥远了。路途如此遥远，从南到北，从清晨到傍晚，从榆林到雪山，从火山岛到冰川，从戈壁到海滩，从崖角到深渊，从瀑布到清泉。天空一片片飞过，越过海洋，到达彼岸。如此艰难。遥远他国的天有多蓝，月亮是否同家乡一样圆，明天就会知道答案。

狮子狗

我用力地
扮成一只狮子狗
想把仇怨汇聚在脸上
让人看见我厌恶的神色
但对着镜子
我却捧腹大笑

多年后
太阳都老了
我走在路上
看到了一只面熟的狮子狗
他朝我汪汪直叫

我又一次对着镜子端详
发现我真的成了一只狮子狗
而现在
我却笑不出来

如果我是镜前那只狮子狗

多年以前，我常想，如果我是一只狮子狗多好啊，对着镜子高兴时就拼命摇尾巴，不开心就低下头，简单地表达情绪，无忧无愁。多年以后，我真的变成了狮子狗，走在路旁看到了面容相似的自己，满面污垢，怒目而斥，不友善地的狂吼。那个时候，太阳朝西走去，目光再无激情，木兰花在细雨中被打湿凌乱，璀璨金星在夜幕中黯淡。那结局似乎是注定的。生活中很多事情，该来的会来，不以这个形式，就以那个形式。于是我想，我或许始终是那只狮子狗，想要变成狮虎猛兽，一旦决定就意志坚定往前走，不回头。

钟楼

古老的教堂里
矗立着一座钟楼
它定格在一个时刻
不声也不响

夏日大雨连绵
滂沱的雨水打了下来
顺着瓦片滑下
悬挂在那静止不动的表针上

秋天万里无云
凉爽的秋风吹了过来
卷起片片红叶
卡在那静止不动的表针上

冬日天寒地冻
鹅毛大雪纷纷扬扬

落在钟楼的瓦片上

也覆在那静止不动的表针上

春天万物复苏

绿树翠叶都掀起嫩芽

野花顺着钟楼爬了上来

绽放在那静止不动的表针上

在宁静的学校里

矗立着一座钟楼

它定格在一个时刻

不声也不响

不停摆，也定格

你在细密的雨夜透过玻璃窗望向海边，望着昏黄的灯光照着整条小路，寂静幽闭，温暖从心，钟楼在远处，时针不停摆；你在从不停摆的钟楼院里采过春茶，纤纤手指将嫩芽渐渐装满整个竹篮，绿意满目，满心欢喜，钟楼在高处，表针依旧我行我素地跳动。仲夏的暴雨，秋日的红枫，冬夜里默不作声飞舞的雪花，无一不放肆或温柔亲吻着悄悄行走的表针。在那一刻，时间都静止啦！不，你必须要走去另一个世界了。那个皎洁月光下，不声也不响，钟楼定格的安静校园。

舞

让心中的刀剑
与梦共舞
让远方的终点
拥抱归途
让隐匿的勇气
击碎爱情
让凋零的角落
销蚀孤独

就起舞吧

就起舞啊，在如风的夜里，挥舞长剑，和长长的梦交织在一起，勇敢地向前走去。归途是遥远的，只有历经艰难之后，才能拥抱看不到的远方。角落是安全的，也是安稳的，远离嘈杂，远离混沌，远离喧嚣和尘世，恰似一缕春风吹过，从角落萌生出新的力量，这力量足以让干涸的土地开出花来，击败一切沮丧，将孤独吞噬。

永恒

是谁，描出一笔奔腾不息的河流
是谁，撒了一把漫天飞舞的黄沙
是谁，在京都笼上了迷雾
是永恒的光芒，穿破了浩瀚星空

是谁，依旧在孤岛上荒野求生
是谁，依旧独自一人勇攀雪峰
是谁，依旧在孤岛上痴情守望
是永恒的信念，击碎了万吨磐石

是谁，把破碎的记忆丢进大海
是谁，让空想的灵魂飞入天际
是谁，呼啸而来却无声而去
是永恒的叹息，留在被遗忘的时光

是须臾，也是永恒

如果把光芒当作永恒，那么光束早已穿破浩瀚星空；如果把信念当作永恒，那么信仰足以击碎万吨磐石；如果将叹息当作永恒，那停滞的一声感叹，好似在追悔被遗忘的时光。

这世界上一定有不永恒的，不那么永恒的。

永恒好比耀彻星空的光芒，一条奔腾不息着的河流，一把漫天飞舞着的黄沙，一层正笼罩在城市上空的迷雾；永恒又好比坚强的信念，足以支撑自身在荒野求生，一人攀登巍峨雪峰，足以在海岛的那头痴痴守望。但所有的永恒，又在一瞬间化作了别样的定格，呼啸而来，无声而去，把破碎的回忆丢进了大海，让空想的灵魂飞到天际，留在了被遗忘的时光里。

只有诗人同圣徒才能坚信，在沥青路面上辛勤浇水就会培养出百合花来，幻作永恒的花香。

送你一个微笑

世界总是奥妙与仓皇
太阳也常常藏入尘埃中
车水马龙中的你
疾步匆匆

咖啡香与尾气混杂
牛轧糖被白纸包裹
若你不愿再有什么快乐
便请接受我一个微笑

我会送你一个微笑
伴着鸟鸣或朝阳的光辉
透过玻璃窗和你的心窗
如同碰上一杯热可可

我会送你一个微笑
顺着清风或足下小路

滋润你的大脑与心灵

如同一块提拉米苏

或许你被困在城堡里

或许你迷失在城堡里

但我要找到你

去送你一个甜甜的微笑

送你一个微笑

　　四月春光流动，汇聚了适时的明媚与欢欣。眉眼间弯弯的微笑，是不顾一切与美妙相关的温暖，是对面远山高塔上的一缕白烟袅袅婷婷，顺着清风的阳光自在流淌于整个世界。爬上高山去瞭望整个星城，总在太阳躲进云层的某一刻，看到都市里伴随着数不清的凌乱与仓皇，汽笛伴着尾气把云层撕裂，人流使行色匆忙的人儿变得普通。或许我们正被困在这样的城堡，有大象、狮子和蟒蛇，耳里是行路上马戏团的嘈杂，丢失了极具穿透能量的微笑，脑海里模糊了它会穿透空巷咖啡馆玻璃窗落尽杯里的记忆。在海边，送陌生的路人一颗红苹果，送上一个甜甜的微笑，这使人听闻便也再没有什么不快乐。伴着太阳升起，伴着浓郁的可可香气，伴着那鸟鸣和朝阳的光辉，请接受我一个微笑，"我又开始追逐那个遥远的角色了"。

你是我心头的
一条小鱼，因为遇见
了你，我便寻着了汪
洋的方向。

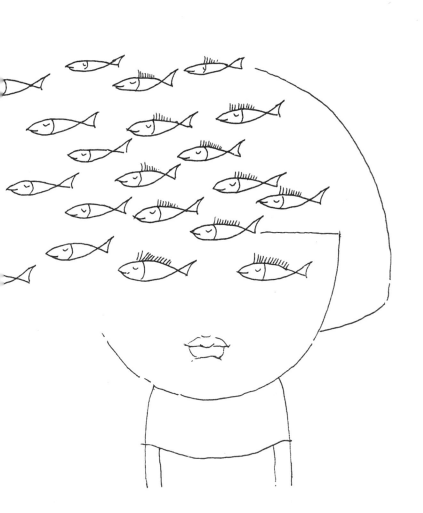

小太阳

我有一个小太阳
它很小很小
一双手足以捧过来

一到阴天，我就把它放出来
因为很小，它照不远
但足以让阳光覆盖一整个花园
花朵重新舒展身姿，散发芳香

一到夜里，我也把它放出来
因为很小，它不够炽热
但足以温暖一整座房屋
使贫穷的孩子重新读起了童话

我还把它放到
连真正的太阳都照不到的地方
因为很小，它不够明亮

但足以照明一整条沟壑

让迷路的登山者

继续走下去

像太阳那样的布光者

太阳是最强大的布光者，水光潋滟，挥下一抹斜阳，整个世界都变得温柔。在小的世界中，便有小的太阳。温暖明亮的小太阳，它足够小，却足够欢快明亮，让花儿重新舒展身姿；足够微弱，却足以炽热善良，让光亮布满整个热爱读书的贫穷孩子的房屋。它是最细腻的布光者，微微之光，撒遍每一道缝隙，照亮每一道沟壑，连暗角都变得温暖起来。它时常被我们捧在手心，无关胜日而寻光，一路走下去，也引领了那些迷路的登山者。

无人机

在我和世界之间
你是天梯、是帆
是对穹空向往的呐喊

在我和世界之间
你传递了梦想
传递了思念
传递了斜阳的眷恋

在我和世界之间
你比翼双飞
伫立在傍晚的云端
你四轴共鸣
俯瞰余晖的视线

你去了城市之巅
送来彩霞的光斑

站在流云的高度

挥别落日的流连与往返

你去了我和世界之间

最遥不可及的空间

记载了美好的云翳

留下了明日朝阳的诺言

四翼飞旋，航拍的浪漫

骄纵去飞，幻如尘土，又如消沙，在自我与世界之间，连接赤道与海底，连接空灵与充实，记录光斑与朝阳，记录云翳与诺言。当绿鸟爱上航拍，四轴共鸣翱翔于白云天空，红瓦白墙悠悠斜阳，落日余晖海岸波光，画面不再受束缚，瞳孔不再被拘束，飞旋而上是梦是美是自由，是真是幻亦是感动。

致大地

曾经幻想自己是一只鸟儿
飞上天空，与白云共舞
以上帝的视角俯瞰大地
地上的灯火，海上的琉璃

梦，到底藏得多高
拔地而起的大厦
上下全白的雾霾
究竟蒙住了谁的双眼

海鸥，浪迹在波面
麻雀，栖息在树上
白云之上的苍鹰
终究是我遥不可及的高峰

搭载云台，驶向云端
我既想远去，又怕没有落脚的地方

就算再高，目光依旧凝视着地面

因为，离天越近，离你越远

拔地而起，眼底波光粼粼

　　绿鸟终于不再是一只简单飞翔的鸟，它被赋予诗意，富有梦想；它不再是散漫起飞，一跃而上，而是拔地而起，俯瞰大地，不惧雾霾。自由胜于海鸥，傲气高于雄鹰，介于云台，始于大地，直指苍穹而去。平坦雄伟，那是梦开始的地方；星光璀璨，梦越飞越远。

致海鸥

总有失掉人心的时候
总有被冷落的时候

我冲入海鸥群里
却又怕与你过分接近
你既怕我锋利的桨叶
我又想记下你的面庞
你，不屑一顾
我，忧然远去

沙石磷砾的海滩
我竟无处停歇
若没有云台
何处是我不敢流浪的地方
但又怎样看得见你

沧海一鸥，在那个时候

　　无论走到哪里都该记住，回忆是一条没有尽头的路。像往常天慢慢变得沉寂下来，空气一如既往地潮湿，呼吸中夹杂着海边特有的湿润，一切变得昏暗却唯有一群海鸥海天余晖结伴飞。或许你也不会发现有那么几叶锋利的桨叶旋转于鸥群，靠近得盲目却也炙热，横冲直撞却也温柔，思念是夕阳海岸的唯一波光荡漾处，孤独闪着光在海上到处流浪。

路

我望着炊烟袅袅的前方
走上了一条悠然、空旷的路
路上有麦田的芬芳
有流水的悦耳
我却步态昂然
顾不得那身旁春光的美好

我望着那鲜花盛开的地方
走上了一条辽远、无边的路
路上有受伤的士兵
有无助的乞丐
我却步伐坚定
顾不得那足下渐行渐远的脚印

我望着那充满曙光的前方
走上了一条寂寞迷茫的路
路上有教堂的晚钟

有凌乱的铁丝网

我却步步执着

顾不得那头顶的雨点和雪花

我望着雾气缭绕的远方

走上了一条通往明天的路

路上有失落的一角

有哭泣的月亮

我却彳亍徘徊

顾不得心里那童年的怀念

一路路长，走到更远远方

　　还未等天全部暗下来，街灯便一盏盏亮起，
蔚蓝昭著，如梦似幻，即使一个人，也美好不觉
孤独。宽阔的马路上奔驰着各怀心事的路人们，
有人行色匆忙、眼神慌张，也有人桃花渐欲迷
眸，眼底波光似水。那样温柔的目光一定看得到
最美的远方吧。高山林立云朵间，缭绕于霞光中

勾出一抹轮廓，不顾足底是否藤蔓遍布，不管四周是否花香四溢、勾人魂魄，忽略头顶的炎热，略过草林里出没的蚱蜢虫蛇，自顾往前，走向远方。若要明天，若要日出嘹亮，纵使那路有千奇百怪也不会回头。更何况，能走得远的路一定也不会好走。

像只小豹子，时而与蝴蝶嬉戏，时而同狮子赛跑。疲惫了就躲过丛林投射的晕影晒太阳，携着浓郁花香。

蝉鸣

夏夜的聒噪
耳畔的乱弦
闯入安详的睡梦
扰乱和平的乐章

噩梦的急袭
黑斧鬼神的铁骑
却使这聒噪声
赶走了笼罩着的乌云

不细听
不知道是旋律
不感受
不知道是真诚

这是夏天的圆舞曲
这是夜晚的魔法棒

这是酩酊大醉的清凉剂

这是倦怠时的警铃

睡在窗前的孩子

可能还在埋怨这嗡嗡作鸣

当清风徐来的时候

又会感到夏夜无比清凉

感谢你聆听蝉鸣

这个夏天因为有你

而更安详

盛夏篇章，蝉儿自由释放_

七月流火，蝉鸣聒噪，时间滚烫。回忆欲乘风破浪，不负勇往。可还记得电影《盛夏光年》那个桥段："让盛夏去贪玩，把残酷的未来狂放

到光年外，放弃规则，放纵去爱，放肆自己，放
空未来，我不转弯，我不转弯……"

绿鸟

梦想天上的星星

能带给我一只绿鸟

青翠欲滴的羽毛

融进草里，谁都看不见

它载着我飞到云里

就像一片叶子随风飘荡

哪怕落进大海，溅起了一簇雪花

当我吓得闭上眼睛

却听到绿鸟说

这是森林

他带我飞到小城上方

就像一只蜻蜓

斜阳的余晖

让绿鸟的羽毛变成了暗黄色

我看到了鳞次栉比的高楼

像荆棘一样

而绿鸟说

那是森林

慵懒地伏在案前

躁动的笔头艰难地徘徊

我抱怨密密麻麻的字幕

使我焦头烂额

而绿鸟抚摸着我说

看啊，一片森林

我依恋地靠在绿鸟的羽毛里

仿佛闻到了野花的芳香

听见了树叶沙沙作响

金色的光从树枝中温柔地洒了过来

留下点点光斑

整个森林里

洋溢着清脆婉转的曲调

——那是鸟儿们在歌唱

绿色叶羽，带你飞向梦想森林

　　《制作人》中说："就是现在，相信我的恋人正在向我走来，他正在走过下一个街角，会在下一个窗口呼唤我。"夏梦将至，笔墨重彩勾勒于笔下的情愫是绿鸟最好的恋人。在那份纯净里，好梦如蔚蓝夜空中的金星般璀璨，如雪白晶幕下六角雪花般洁白。相伴绿鸟柔顺的羽翼，穿越芬芳花丛，滑过沙沙作响的枝叶，冲进零零落落的金色光斑，洒脱歌唱。即使一只小小绿鸟，也会飞得很高很高。

放飞

我愿意放飞一片绿叶
让它乘着风，飞到沙漠去
在贫瘠的沙土里长成一棵大树
不久后，那里就变成一片森林

我愿意放飞一只小鱼
让它乘着浪，飞到盐湖里
在湖中欢快游动，掀起白色的水花
不久后，那里就变成一汪清泉

我还愿意，放飞一道彩虹
让它迎着朝阳，飞到繁华的城市中
在都市的霓虹中
发出清新亮丽的七色光芒
不久后，那里就会脱离压抑
变得青春与活力

甚至，我还愿意放飞我自己
我要在昼夜交替的瞬间
飞上星空，展望大地
用我微弱的光芒
照亮那个孩子的心灵

灵魂在放飞中闪着光芒

　　放飞是秘密花园里的知更鸟从树梢上飞了下来，一会儿在女孩儿的周围蹦蹦跳跳，一会儿从这棵树飞到那棵树，并且唧唧喳喳叫个不停；放飞是一双深邃的眼睛在那宁静而无边的深蓝色夜空中，亿万星辰在等待，在俯瞰；放飞，是在那一段快乐的日子里，绿叶乘风而去寻找森林，小鱼结伴乘浪汇入一泓清泉，彩虹迎着朝阳飞入霓虹，发射出清新靓丽的七彩光芒；放飞，是在昼夜交替的瞬间照亮每个孩子的心灵，是灵魂飞上星空的回味，与感受。

独自面对困难，独自成长，只要站在天使的翅膀旁，那朵白色的云朵，就会带我进入温柔的梦境。

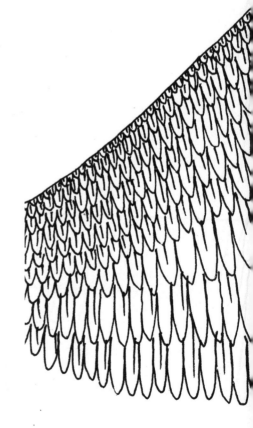

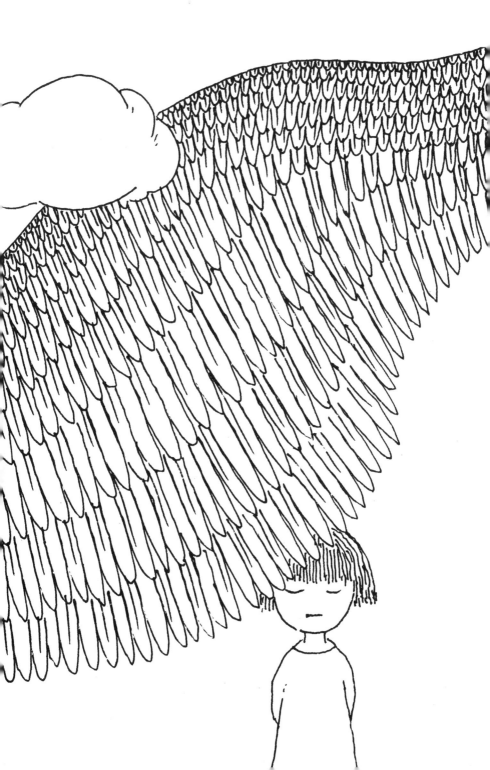

老虎

黑暗中，带着蓝光
脚步声，遒劲铿锵
明明从不露面
却独霸一方

即使铁笼囚禁
即使藩篱阻隔
你依然无息地嘶吼
金属般的刚强

朦胧的晨光
映出修长的身影
正是这身影
带去魔力，与彷徨

不论心在何处
不论身在何方

那浩瀚的森林

永远是你脚下统治的地方

我是虎，也是虎的影子

　　世界万物都处在微妙的平衡中，即使是山林间一只凶猛的老虎。它风光依旧，脚下铿锵坚定如磐石；光彩依旧，集中环绕林间枝叶投射光环。即使肉体随猎枪禁笼走出山林，即使最终消失于自然，仍然有一种力量统治着大地森林，更或胜过存在。因此，人们才更应该思考，人类和自然，究竟谁统治着谁……

龙猫

小雨淅沥
我撑着伞，你顶着荷叶
在等那最后一班公车

旅途从不等人
我必须牢牢抓住
即使窗外风景再美
也只像流水一样
稍纵即逝

我无所谓日光的烧灼
暴雨的洗礼
只希望一回头
就能扎进你柔软的怀抱

你陪着我，温暖努力去生活

　　宫崎骏在《龙猫》里面说，生活坏到一定程度就会好起来，因为它无法更坏，努力过后，才知道许多事情，坚持坚持，就过来了。我总觉得，这是一句长话，是一份温暖坚持的执着，是一段即使在失神间也足以使人热泪盈眶的相守。我们的内心世界是美好的，于是总把果子洒在院子里，希望把院子变成森林，在狂热清晰的夏日里遮风挡雨。如果雨大得伤脑筋，那么就天真地恳求土地爷爷，拜托他把雨停下来。即使雨停不下来，也不会害怕我们那破破烂烂的房子刚搬进来就会垮掉。温暖像一条河流随血液蔓延，我心是大地，伴随一丝丝清凉，一丝丝感动，沁入了甜，流进口中，滋润着整个身体。伴随着你，一起在白云蓝天下奔向阳光和田野，一起等公车可能是最后一班，不惧日光灼热，接受暴雨洗礼，荷叶雨伞，钓鱼陪伴，坐在枝头间，一回头，柔软还在，你还在，真好。

假如我有一台时光穿越机

假如我有一台时光穿越机

我要去远古时代

看到霸王龙的横行霸道

看到翼龙的倚天遨游

看到鱼龙的翻江倒海

可我这个小不点儿

什么都做不了

假如我有一台时光穿越机

我要去冰河时代

冰川纵横交织

无底洞星罗棋布

雪峰鳞次栉比

可我这个小不点儿

受不了这样的寒冷

假如我有一台时光穿越机

我要回到古代

看不懂的文字

听不懂的语言

而那里的卫兵看到我

竟把我抓起来

可我这个小不点儿

手无缚鸡之力

假如我有一台时光穿越机

我要去未来

星际高楼让我晕头转向

各种飞行器让我不知所措

天也透不进一点阳光

我这个小不点儿

迷失在这世界里

可是我没有一台时光穿越机

所以我穿越不了时空

但是我有一张温暖的床

一个幸福的家

一群可爱的朋友

刚好容下我这个小不点儿

所以，为什么要有呢

假如我有一台时光穿越机

这世上没有什么别人做得到但你做不到的事情，就像大雄在受过了无数次伤之后终于学会了踩竹高跷。梦想是一个天真的词，于是我想，我会拥有一台时光穿越机，带我穿越到远古时代，穿越到山川冰河，穿越回过去我心中最想要看到的地方，穿越到我翘首以盼、日思夜想的未来。终于，我亲眼目睹了日光森林里的鱼龙虫兽，看到冰川交纵、星罗棋布和海市蜃楼。假如我有一台时光穿越机，它会带我变成一个渺小的黑点，没有光也不透亮，迷失在世界里。逝去的时间是不会再回来的。幸好我只是我，真实着，有诗有光有花朵，有你有梦有生活。

云

不经意地划过

带来一片隐蔽

不经意地划过

带来一阵细雨

不经意地划过

被天空的霓虹渲染

不经意地划过

被街角的孩子仰望

不经意地划过

不经意地飘走

给下一方土地雨露的滋养

给下一个孩子彩霞的期盼

仰望星空，仰望云

云不经意地从头顶经过，不经意地给城市带来了不注意的美好。若有机会抬头一看，它就会成为最美丽的云翳，在你心田中留步而不会远去。生活中有各种不经意间的美好，可遇而不可求，哪怕稍微留意，便无比快乐。

做一个天真的孩童，戴着粉色兔耳朵帽子，蹦蹦跳跳，吹着五彩斑斓的肥皂泡泡，活在童话中。

巷

—— 记鼓浪屿之行，同时献给那些

擦肩而过的人们

是否曾记得你穿过一条巷

走进一家铺着红地砖的店

老板送给你一颗糖

滋味是甜甜的

你笑得那么开心

是否曾记得你穿过一条巷

在一个摊前向摊主问路

他告诉你

走过这条巷

就是白色的沙滩

你那么喜悦

是否曾记得你穿过一条巷

于一个拐角处
一个女孩帮你拍了照
镜头里
你多了一丝神秘

即使作为旅客穿过了这条巷
却也留下了淡淡的足印
即使海面的波涛渐渐淡去
却也冲刷了一方沙土
即使飞机划过天空
却也留下了一痕浅浅的云迹

只有不曾忘记
才能在多年以后
高楼林立中
再找到那条巷

小巷没有留下我的痕迹，但我已经来过

　　这个暑假，无意间开启了一场说走就走的旅行。鼓浪屿，一个人。置身陌生的老房与街巷，和青岛相同的是红瓦绿树与碧海蓝天，不同的是这座小城独有的历史与故事，擦肩而过的人和事。所见所遇均延绵成内心的芬芳，成为临别之际的感动与不舍，成为记忆中最美的景色。没有享受过一个人的旅程，怎有机会体会这细细密密的生动与特别。天空有阴晴，我还有未完的梦。别了，鼓浪屿。别了，我挚爱的小巷。

守望

——致狗儿灰灰

小院径庭

独守相望

不觉车往马喧

不知日落风行

丁香墙外探

含情篱内投

许只待门开

求那放荡不羁的自由

还有那大千世界

但终与只身相伴

独守孤房

你给冰山一角

我予相守一生

爱的守望

　　阳光下的灰灰身上闪着光。丁香树，紫藤萝，不管篱墙外是如何的车水马龙，古德庭院里总有一个安静的角落，属于它。喜欢吐着舌头尽情地撒欢儿，一跃而上石梯路伏在门口；喜欢跟在你的身后又冲到前面，淅沥小雨淋湿了也陪伴左右；喜欢你走后，扒着篱藤目送你一步步走远，只要你深情地回头看它一眼，就看得到它微锁的眉头。它喜欢的太多太多，唯一不变的是它从来不会说或许也不懂得的爱，和永远等你归来的那份执着的守候。推开一扇门，就是一个家。乖，摸摸头，它并非不爱自由，只因为选择与你相视清澈无辜的眼睛，从今以往，相望相守过一生。

致青山

我是风
我是不会停歇的风
我无时无刻不在旅行
我要去到任何我想去的地方

你是山
你是包容一切的山
你容纳了绿树清池
你养育了一方人家

我来看望你
顺便给你带来一阵夏日的清凉
我从你的心间穿过
波动你内心的骊歌

我们不出没在一个地平线
一个流荡在世界

一个伫立在一方

偶然地相遇

也依旧是一曲自然的乐章

微风拂面，行走青山

　　拂过一阵素未谋面的风，与一座青山相遇，看过一段不知所处的陌上花开，流荡在世界的一方。旅途一般的邂逅与分别，却宛如鸟语花香。希望风可以带你勇敢地开始一段旅行，无论身在哪里，身旁都环绕着绿水与青山……

挂上一朵云

海边的一座山上
一只小鸟不断盘旋
悄悄去一下那里
再回到本该有美景的地方

明明有两座白塔
却径直从中间穿过
同时
还要去遥远的地方
很近地看一下那座城堡

而我
只希望在天空上
挂上一朵用棉花糖做的云

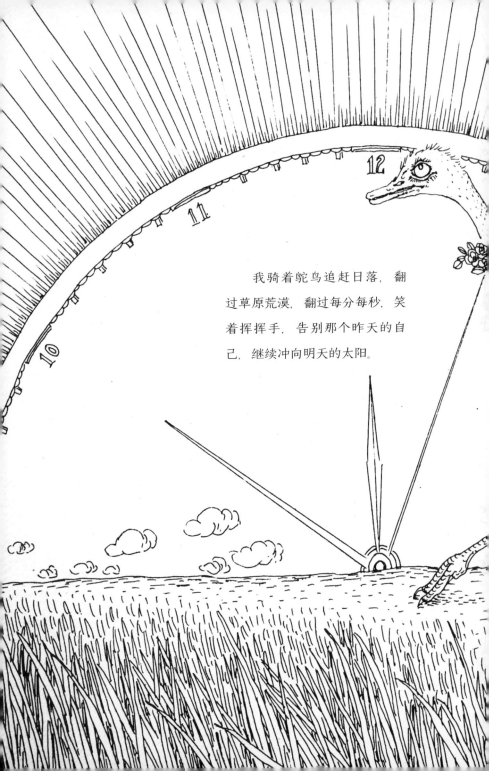

我骑着鸵鸟追赶日落，翻过草原荒漠，翻过每分每秒，笑着挥挥手，告别那个昨天的自己，继续冲向明天的太阳。

挂上一朵云

海子《四姐妹》道，风后面是风，天空上面是天空，道路前面还是道路。天上挂着的那抹柔软，是女孩儿心中翩跹而起、缕缕纯净的风，是绿鸟对远方天空的点点期盼，是韶华时候对一切美好历程的心驰神往。丝丝眷恋随之浮动，飘忽不定却将成为永恒。

笙

总会走向一条道路
哪怕与众不同

若从未遇见
那也一定从未打算

无比想过过不去的坎儿
或许过去将折断双腿

无法逾越的困惑来临时
所有的眷顾也都是浮云

不会顾及所有
但能顾及的
一定很美

期许是深海中傲然游弋的蓝鲸

期许是深海中傲然游弋的蓝鲸，闪闪发光。期许是一种表现，是朱光潜先生所说的同时进展，平行一致且不可独立分离。期许是一种诗的境界，是屈子在《咏远游》里说，为天地之无穷兮，哀人生之长勤。面对期许，面对一条满怀期待却不知所踪的路，游向一片茫然的海，去独立，去飘浮。若从未遇见，从未打算迈过每一个步履艰难，那一定没什么不同。所谓期许，付之艰辛，必然是优美一生。

潮

蝉鸣

是雨后水蒸发的声音

不绝，无法察觉

蝉鸣

是雨后热浪袭来的声音

不尽，无法阻挡

松枝上悬挂着亮莹莹的珠宝

悬挂得非常稳

不会被风吹落

吹落到正在疾书的笔尖上

可是笔尖

依然闪闪发光

它在书写着

书写着夏日的诗歌

让盛夏的青春去认真，去贪玩

　　活力四射的青春好似人生中的夏天。太阳放空照，光影斑驳，微风浮动，树影婆娑，放任自己到光年之外。盛夏的青春是百折不挠的坚韧，雨后的彩虹是上帝给予世人最美的恩赐，骄阳的火热是义无反顾的执着。单纯的夏天是青春时光里绝无仅有的认真，是自由自在温柔的蝉鸣，是我行我素笔尖滴下的闪着光的墨珠，是激情飞扬的气息深深地印在空气中。

白云之上

白云之上
是一座城堡
红瓦飞遍白鸽
矮墙扑满绿藤

通向那城堡的
是一条小路
淤泥中荆棘纵横
石板路崎岖迤逦
连前人的脚印也是凌乱的
通向那小路的
是一道天梯
仿佛有玫瑰的芳香
仿佛是天使的翅膀
同时也应着光芒

我站在窗前

望着那天空

想着白云之上

那座奇幻的城堡

白云之上，天高海阔任你飞

　　白云之上的纯净与美好，好似蕾秋·乔伊斯《一个人的朝圣》中所描述的，前方的黑山和马尔文山矗立在视野两端，哈罗德可以看见远处工厂的屋顶，格洛斯特大教堂模模糊糊的轮廓，还有一些微小的影子，一定是房子和来往的车辆。绿鸟之境，红瓦白鸽，迤逦小道，那里似乎有如此多的故事在发生着。花朵努力绽放，白鸽自在起飞，如此多生命在忙碌、受苦、奋斗，全然不知在这座小小的山上，透明的窗外，有一个他坐着，静静眺望。又一次，他觉得自己既超然物外，又是眼前世界的一部分，花香，光芒，既和他们有千丝万缕的联系，又不过是匆匆过客。奇幻的城堡，才是心灵旅程的归宿。

枕花而眠，满世界花香。我在美妙中寻找，那所布满香气的梦中花园。

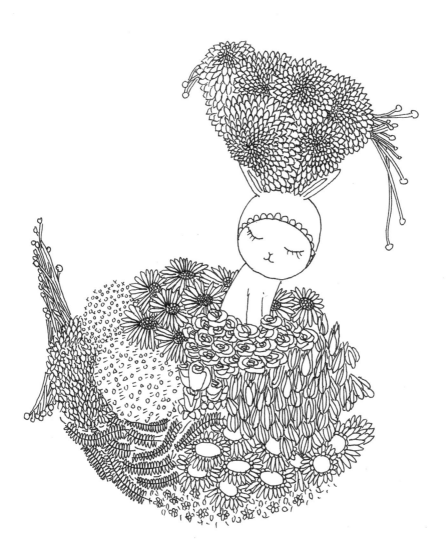

海天一色

我乘着小舟
向着东方的海平面驶去
我要去寻找
那日出的地方

披着雪白的海浪
载着曲折的涟漪
迎着起伏的波涛
伴着悠悠的海鸥

望着那天空
万里无云
只有沙的气息
给我送来
椰林的祷告

望着那天空

繁星点点
仿佛是珊瑚的图幅
为我传达
鱼的祝福

望着那天空
刹那间
东方一片金红
太阳散发出
圣女般的光芒
耀满整个世界

云是丹顶
风是朱砂
心中，就是一轮红日
就是日出的地方
眼中，就是海天一色
就是一幅壮美的油画

面朝大海，朝那梦的地方奔去

一夜之间仿佛发生了什么，而恰巧旅程也开始了。就从这一步开始，乘一叶小舟，驶入无边境界。有时眼前这风景是空的，有时恰巧有人，有时是海浪，涟漪曲折，有时是波涛，伴着海鸥悠悠，有时我们也会看到意料之中的东西，有时会不经意间对上陌生路人的眼神。而在这意料之外，有云有沙有鱼有椰林，也有繁星珊瑚海天与日出。他想到自己的生活，想到再平凡不过的人生，如果我们不趁着现在疯狂执着于美景，那么日子还有什么盼头呢？

我写给我

你一个人走在走廊上

看似沉寂

实际内心疯狂

心中想着走廊那一端的背影

想着将要走过下一个花开的拐角

停下来，望着那天空

只有天空的清凉才属于你

当你一个人走出门口时

看似偶遇

实际悄悄眷恋

心中想着那一段没有目光的回家之路

停下来，望着那天空

只有天空的邈远才属于你

当你一个人隔空远眺时

看似相顾

实际寻觅而迷茫

心中想着匆忙却无为的过去

想着能透过一缕黎明之光的将来

停下来，望着那天空

只有天空的亘古才属于你

我告诉我，这生活本该轻盈

这世上会有一处看不见，于路那头一道背影，于天空之中一抹清凉。那是一条属于一个人的路，通向远处，心生眷恋，于是你隔空眺望，心灵深处不免炙热，孤寂，也迷茫。努力抓住这世界，努力在冰封的深海找到希望的缺口，努力在花开的拐角嗅到幽微的感动，那么在惊醒时，一定可以瞥到绝美的月光。

之所以美

太阳之所以美
——是因为有一片生机勃勃的森林
繁星之所以美
——是因为有一方遥不可及的梦境
白云之所以美
——是因为有一个炊烟袅袅的村庄
天空之所以美
——是因为有一片辽远无边的海洋
你之所以美
——是因为有一程孤独惆怅的旅途

之所以美，因为肩膀充满力量

我们趱行在这个亘古的旅途，我们在坎坷中
奔跑，在挫折中涅槃，忧愁缠满全身，痛苦飘洒
一地。原来时间也会出现意外，于是不远处有一

异想国度，别无他物，全然如夏花生之绚烂。在一道清醒的电光中，心灵褪去乌云赋之以光芒，玫瑰撩拨开尖刺挂上微笑，海鸟展翅如鹰。孤独，却也充满了力量。

金墨镜

我梦见
我有一副金墨镜
戴上它变得好酷，好酷
我迫不及待地出了门
却发现

天空变得灰暗，灰暗
大树变得枯黄，枯黄
小伙伴变得惆怅，惆怅
我赶紧摘了它
才发现

天空原来湛蓝，湛蓝
大树原来油绿，油绿
小伙伴原来欢乐，欢乐
世界原来好美，好美

戴上墨镜，却也阻隔了欢乐和绿色

　　看不见的，也许只是被浓云遮住，或是刚好风沙吹入眼帘，又或许山峦层叠相互阻隔。你看不见你自己，你所看见的只是你的影子，天将昏暗，草木枯黄，你我将欢乐抛之为惆怅。时间一长，蔚蓝再变得残忍，这样的感觉，不激烈，不明显，像某种味道，只任它悄悄堆积着，生长着，擦亮双眼才发现，只因为你戴了一副金墨镜，将一切阻隔。

听风者

如果我是一个听风者
我愿意听森林的风
轻柔而静谧

我也愿意听大海的风
澎湃而汹涌

我还愿意听高山的风
急促地呼啸

但我更愿意到那座红房子旁
到那个拉着红窗帘的窗口
听那夹杂着妈妈呼吸的
充满爱的风

听风的人，心中温暖有爱

夜晚常常静驻窗边，听风的声音，风从海边吹来，从耳畔吹到心里。心中思绪澎湃，翻起爱的波澜。自然中的大爱，夹杂在风中，吹进我的耳里；人间的大爱，也夹杂在风中，融入到我的心田。

冰

踮着脚尖
走在精英的冰面上
只有随着信念的冉冉上升
才不至于沉下去

可以钻一个小洞
钓一条鱼
但弯下腰时
冰面上折射出一张没有眸子的面孔

可以屏息而坐
捧起手掌
孕育出一朵鲜红的雪莲
直到它的根碰到冰面

此时
一道浅浅的裂痕

才慢慢延伸……

冰到深处，梦归处

　　大孩子做得久了，总有那么一瞬间恍惚如少年。在阳光透过绿叶打进仙境王国的那刻，眼前是一蹦一跳穿着马甲的兔子，耳边是会变魔术的猫咪的笑声。在米娅·华希科沃斯卡主演的《爱丽丝梦游仙境2》中，爱丽丝经历过梦幻、追爱、冒险后对"时间"先生说："你看我总以为时间是个小偷，偷走了我爱的一切，但我现在才明白，你是先给予、再拿走，每天都是一份礼物，每一小时，每一分，每一秒……"然后，梦醒了。爱丽丝选择回归母亲身边，母亲选择与这位梦想少女扬帆起航。似真似幻，但幸好回归到美好的样子，如冰纯洁晶莹。弯下腰，冰面从明眸中折射出甜的稳妥的快乐，继而冰面开始破裂，那冲破冰面出现的一道道裂缝，被称作可以追逐自由梦想的勇敢信念，可以在纯洁无暇的冰面盛开出最鲜红的雪莲。

冲破时间的圆，去探求未知的世界：一步，两步……即使闭上双眼，也能触碰到满天星空。

桂香

深绿色的叶子打了卷儿
枯黄的草打了卷儿
连风也打卷儿了

积满落叶的石板路上
石板缝中，有许多蚂蚁
在这样安全而又便捷的通道里
连风都吹不走

秋风"呼啦"把一扇没锁严的窗
吹开了
紧接着，大大小小的窗户
全部被争相打开

人们不怕冷哩
反而都盼望着
那打着卷儿的秋风

能吹向每一个房间

恰逢秋风，吹一地阑珊

　　秋意是从窗外吹过的一缕风，撩动颈肩白色衬衫的衣领，清凉溜进袖口；秋意是轻巧纤细的一场雨，雨珠顺着发丝跳跃到薄衫，清爽沁入心脾；秋意是清晨行走在通幽小径，风吹来时抬眼看到的澄澈天空，一丝丝的凉意苏醒在肌肤的每一个毛孔；秋意是不觉重阳的"登高望远"，独在异乡，"遍插茱萸"少我一人。

　　秋意浓，浓度如唇齿间恰满85°最佳醇香的精品咖啡，入口，微涩，下咽，回甘。

　　微微一笑，恰逢秋风，吹一地阑珊。

　　生活不止眼前的苟且，还有诗和远方的秋。

一个梦

一个梦

泥土从脚下延伸

沉淀积累

足以扎根

足以踏出脚印

放下背包

抛下水和食物

走了

明明可以走得更稳

偏偏要尝试飞起来

毕竟

这个地方

有风

有路

没有伤痛

风还没停，梦要醒吗

再论梦的意义——深沉内在的快乐。

像——远看在一片光明的静观之中；

像——闪闪发光地漂浮在最纯净的幸福之中；

像——幻觉般的新世界里盛餐的一缕芳香之中；

是——外观视觉的崇高姿态冲破万物之父的返照；

是——必须完全忘掉白昼的烦恼及烦人的纠缠之拉斐尔式快乐。

闪光

强烈的阳光
伴随着强势的闪光
把大理石地板的白纹
映照成流动的银河

蜷缩在角落
在黑暗中思考着什么
或许是重建星空
也不仅仅是流云幻想

不是没有注意
沙子骤成迷雾
脑路被阻断
无力思考

不及一秒钟
这个闪光就会穿过指尖

向下一个维度滑去

是存在，还是虚无

我们总习惯用学者的言论表达时间，就像我们从萨特的《存在与虚无》中摘录生活。他说，"时间处于'自由性'的幻影中"。他说，一个杯子，或是桌子，对自我的表现是"它们不绵延，它们存在"，时间在它们面上流过。

也有人会说，我没有看见它们的变化，我只感受到时间。

是真实的存在，还是飘渺着的虚无？

是强烈的阳光刺进窗来，还是蜷缩在黑暗中数着繁星？

除了阳光的温暖和黑暗中的点点绚烂，我们得不到什么。

而它所带来的温暖呀，恰恰是真实存在的。

星星升起来了

星星升起来了
风也停了
大山中静谧起来了
却依然有蝉声
此起彼伏

月亮升起来了
云也散了
稻田中顿时皎洁起来了
可孤独的稻草人
依然在守望

太阳升起来了
天也明朗了
林子里欢乐起来了
成百成千的鸟飞出去了
一片生机勃勃

星星升起来了

呼吸也弱了

窗后面的帘子拉起来了

只有安详的摇篮曲

在隐约作响

星星升起来了

　　如果梦想真的存在，那一定像升起的月亮悬在空中，闪闪发光；如果自由真的存在，那一定是闪烁整片夜幕的明星，肆意点缀。风停了的夜晚，静谧的大山里只剩蝉鸣，此起彼伏环绕在稻草人的周身，与月光相皎洁。太阳升起的清晨，林子的欢乐是成千成百的鸟儿在日光下的自由展翅，这份欢乐，驱赶了稻草人的孤独，迎来了头发金黄如麦田、心存美好与单纯的小王子，和他手中那朵娇艳的玫瑰花。

海的彼岸

海的彼岸是什么
是高山？是丘陵？
还是埋着宝藏？

海的彼岸
一定是一个富裕的国度
有一座巨大的城堡
人人过着天堂般的生活

还是一片原始森林
连始祖鸟都食不果腹

麦哲伦并不这样想

其实
海没有彼岸
此岸就是彼岸

彼岸，此岸

我们观望海的那头。像一条渺小的鱼儿，于海之波动，于海之情愫，不管眼前是蒙蒙水雾模糊双眼或是阳光普照大海金光粼粼，总是拼命渴望翻滚过一个又一个的巨浪，想要冲破大海的阻隔，去到幻想过无数次的沧海的那头，试探那遥远的另一端是繁华的城堡还是神秘的原始森林。

其实，此岸就是彼岸，大海赋予一切以生命，可以自由翻滚起浪花，没有尽头。

旅人

站在十字路口
等待风吹的方向
是在黯淡中伤悲
还是在清波中徘徊

等待码头延伸到海里
走到梦里的故土上
才意识到自己的盲目
抹去散布在大漠中的足迹

相机中的大海支离破碎
浪拍打着梦的情愫
山谷流觞在困顿中
在困顿中寻找光明

诗旅人

　　所有看不懂的故事，都会在前方路口的拐角出现答案。在每一个自然旅程中，春夏秋冬，伴着风吹行走，感受阳光打在脸上，试着拂去氤氲的雾气，在拥挤的人潮外的街口徘徊，总有什么从眼前掠过了过去却抓不住，沉沉跌落。梦里是盲目的，也尝试在城市中体会黯淡，再燃起一颗火苗，手心捧着温暖，看着胶片里的支离破碎，再看见故土。诗人不该走在海里，却是满眼的荒芜。纵有一番渴望，在山谷间流淌，在流觞的困顿中寻找光明，等清风明月，等绿波白鸥，等希望来。在看不见的城市，走向大海，或游进沙漠，只要轻声呼出你的名字，就会感觉很温柔。

对一切庸俗的事物保持厌恶，去做一个独特的人。看见一只鸟，便能感应整片蓝天，看见一条鱼，便能感触满泓清泉。

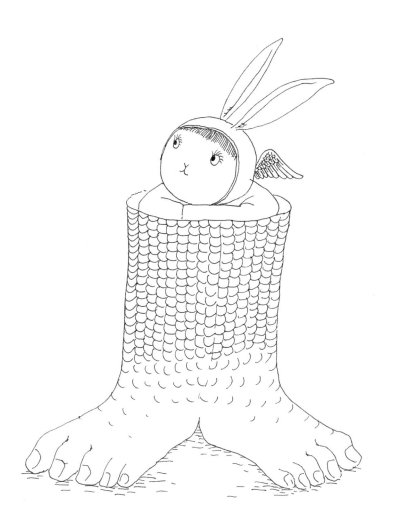

说走就走

枯木在崖头等待
等待山石踏松
便可随波逐流

纸鹞在空中等待
等待丝线折断躯干
便可漂泊四方

孤舟在海上等待
等待桅杆倾覆巨浪之中
便可浪迹天涯

倘若
合抱之木被藩篱阻隔
凌空之鹰换上铁的臂膀
涡轮划破千尺巨浪
那么

灵魂走来，自此远去

枯木久久被悬在崖头，灵魂挂在快要滑落的山石上，渴望从崖边坠入河渊，随波飘去，用仅存的一枝生命在喜爱的泥土中生出绿色。风筝被丝线牵制，微弱的双翼是它的灵魂所在，比不过大雁展翅，却也向往随风飞到四面八方，不在乎最终到哪，哪怕会挂在枝头，也要享受自由驰骋的整个过程。一叶扁舟飘在平静的海上面，灵魂站在桅杆之上，不在乎夜晚的灯塔在几点钟方向，只期盼飓风海浪朝自己袭来，哪怕知道会被吹散，不知所踪，也要乘风破浪。

在黯淡无光的时候，我们都是一块没有灵魂的枯木、一只被绳索捆住的风筝、一条在海上寻找方向的小船，甚至忘记了其实可以再发一枝新芽，忘记了尝试挥下有力的翅膀，也不记得自己有能力发现人生的更多可能。倘若百草丰茂，鹰隼展翅有力，涡轮划破千尺巨浪，结局无论平静与否，都值得我们往更远处走去。世间太多故事，其实都没有胜者，更无失败可言。今生我把酒奉陪，灵魂的感受忽然而来，真的不是说说而已。

怅望台阶

几天雾后
天空无限晴
我左手提着蓝色的布包
缓缓走上台阶

我可以一步迈两阶或一阶
就像豹子在草原上追赶羚羊时
飞身跃过荆棘一样
再无畏地扑在羚羊颈部

那些今天落下的叶子啊
是冷了吗
那"唰唰"声是泥土死亡的声音
还是岩石融化的声音

远处的沙丘啊
还在随风缓慢移动吗

若没有骆驼的蹄印

又有谁知道这松软的沙坡

才是最艰难的台阶

这马匹

无比安静

只需要把头埋进草里

就可以让世界变小

下雪了

是空中云被撕裂了吗

还是那雪从颅骨里飘出

马背上积满了雪

却仍在静静地喝着盐湖水

苦涩

像魔鬼一样

令人不经意间恐惧

还像苏打，扭曲着、笑着

飞翔

 无所谓翅膀

青藏高原上的狂奔

何逊于东海之上翱翔

 云即藩篱

 却总有能腾云驾雾的人

 雾是迷茫

 也终有制高点

 但我拙劣

 只能一步步走上台阶

 以达飞行的高度

 台阶上怅望，如雾中寻巷

 见不得开端

 也见不了终极

几天雾后

天空无限晴

我左手提着蓝色的布包

缓缓走上台阶

无顺怅惘，日月悠长，岁月无恙

怅怅落在脚下，步子迈得沉重，抬手拨
开朦胧的薄雾，无限晴空；叶子飘进泥土，伴
着风声清脆，和岩石拥抱在一起，不再冷和孤
独；走向大漠中的骆驼，留下一排排脚印，在
连绵的沙丘里变得渺小；伏在草原上的骏马，
嗅着寥寥草香，无需奔跑，已拥有了小世界。
北方的四月又下起了雪，大朵的云被阴霾撕
裂，雪花还未落上玻璃就化作了水。悲凉吗？
苦涩吗？去飞吧。在青藏高原，于东海之上，
腾云驾雾，追求生命的美与自由的珍贵。生命
中有更多种可能，我们行走在朝圣的路上，时
而举步维艰，见不得云端，也到不了终极。更
多时是存活与信仰，带着希望，在台阶上怅
惘，在迷雾中寻找，悲凉中找一抹温柔，苦涩
中加一把糖。最终薄雾散去，晴空无限，蓝色
的布包，还握在手上。

夜

1.

夜里

轻轻涌动的云

终于和天空融为同一种颜色

2.

夜太静了

静得我连集市上的喧闹

都听不见了

3.

夜之所以黑

是因为它害怕在梦中行走的人

找到回家的路

是布满星月的、安静的夜

夜里反复数着"一二三"好像都不能入睡。在床的另一侧啊，窗帘间的缝隙露出微弱的光。夜太静了，偶尔能听见路边来往汽车带来的风声，三五秒而过，在心头凉凉的。睡过去吧，想着街口那盏盏路灯，想着那戴着帽子裹着大衣的行人，不乏温暖，借着光，心里抱着一棵小树，拂去黑暗和阴霾，一路走回家。然后望一眼天空，像顾城一样想着星月的由来。它们来自哪里呢？

他说，"树枝想去撕裂天空，却只戳了几个微小的窟窿，它透出天外的光亮，人们把它叫做月亮和星星。"噢，原来是这样！

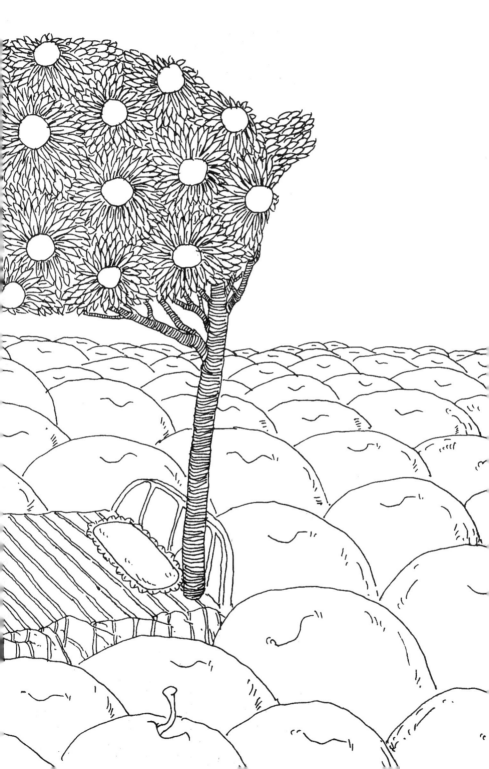

飘

漂泊在海上的孤帆

是水下人鱼拽着的风筝

拉一拉丝线

它就迷失在汪洋中

天堂的路

和地狱只有一个路口之隔

却没人知晓正确的方向

但人生的意义

就在这奥妙无穷的未知当中

而又不断地探索

就像

活人和死人

都可以躺进石棺

死人为的是一片安宁

活人却寻了一片新天地

飘

　　飘摇吧。像海上的孤帆，像空中摇曳的风筝，像挂在藤上的一串葡萄，像走往天堂的路。人生的意义在于什么呢，或许就在于一切未知当中，孤帆驶去不论西东何方，风筝飞向森林或是海洋，葡萄成熟被摘下还是垂落掉光，天堂的路是否吻合一切幸福安宁的走向。飘摇已久的人渴望安宁，于是在跌宕的情节中寻求平静；平淡无奇的人想要流浪，于是在文字编撰的故事中经历彷徨。去读书吧，趁韶华时光。就像博尔赫斯所言，这世上如果有天堂，天堂应该是图书馆的模样。

失落

忘掉日光

忘掉细雪

忘掉相遇

忘掉离别

忘掉繁星点点

忘掉梦里花开

忘掉无上光荣的宣判

忘掉死无对证的誓言

忘掉缄默的泪痕

忘掉无声的呻吟

忘掉不曾是初逢的邂逅

忘掉不带有注释的信仰

忘掉栖息于心里的避难所

忘掉消逝于雨中的末班车

忘掉一切的爱情

忘掉爱情的一切

忘掉一的一切

忘掉一切的一

梦里花开时，一切就忘掉吧

如果失落了，就忘掉一切。

如果想忘掉一切，就去喝点小酒。

小酒馆，高脚椅，看闪烁的灯光打在好看的人脸上。

大窗边，落地灯，一个人的灯红酒绿加枚枸杞。

开心时喝酒，管它是阴雨晴日还是下午四五点钟。

如果不开心呢?

不开心时要听很嗨的曲子，听着听着扭起来跳起来就会变得开心。

然后开心到再喝点小酒。

然后要忘掉什么呢?

忘掉曾经想要忘记的日光雨，

忘掉曾经想要忘记的细雪别离，

忘掉曾经想要的忘记的梦里花开，

忘掉曾经想要忘记的栖息在心里的避难所。

所以啊，一直记住就好啦。

泪痕会教给你坚强与独立，

信仰会教给你坚定与不言弃，

那些梦里的檀木香气与花开，

就是回忆里甜甜的美好了。

离人

握一弯瘦月

挂回大唐的碧空

修一片枯叶

送回泣血的茶园

踩一声嘈杂

电波里的山高路远

舷窗中游山游水

昏黄的奢华无法无章

演奏声被深秋的乌桕撕碎

从乌黑的土壤中打捞沉月

无向的罗盘

让你一直徘徊在磁场

迷乱了星星点点

迷乱了航行的方向

——西山是阻

东篱是愁

离人是最遥远的艺术家

何为离人？谓超脱人世。《庄子·田子方》中载："向者先生形体觉若槁木，似遗物离人而立于独也。"

何为离人？谓暂别家园之人。晋朝诗人陶潜《赠长沙公族祖》中诗："敬哉离人，临路凄然。款襟或辽，音问其先！"

何为离人？谓身处离别中人。唐代诗人张若虚《春江花月夜》中言："可怜楼上月徘徊，应照离人妆镜台。"

可谓离人，是张泌"多情只是春庭月，尤为离人照落花"的委婉寄怀；是辛弃疾"芳草不迷行客路，垂杨只碍离人目"的闺中念远；也是晏几道"梦入江南烟水路，行尽江南，不与离人遇"的求索之苦。

所谓离人，是怀揣"一日不见，如隔三秋"的愁。

回忆的继续

在这里，有风留过
时光平行
于此猝然回合
粗劣的烟沿着河飘
叫骂声不绝于耳
高大形象在坍塌
石头花在凋谢
霓虹成为永恒的光辉
帘后的冰晶扰乱了梦
连猫都彻夜不眠

孤独者睡着了
流浪者睡着了
风云在隔岸涌
温度却在这里变化着
怀抱间太冷
固执却无法安分

只有在一个时刻才会

沉默

锦旗为日落加冕

辗转遗弃星辰

苦果

爱的、恨的都有

道路在缄默着

只有枪栓拉动的声音

伴随着扳机按下

回忆里，入梦来

　　莎士比亚说，人的一生是短的，但如果卑劣地过完这一生，就太长了。人生用来经历，而回忆则用来回味。回忆在一个时光平行的空间里穿梭，光影流转，石头开花，霓虹成了永恒，冰晶扰乱了清梦。孤独者有心爱的人相

拥，流浪者在暖炉旁入梦，风云翻涌，温度依
旧，纵使为晚霞加冕，遗落了星辰，丢失了爱
意，略带了怨恨，只要回过头来回望这一生，
片刻也定格为永恒。

`

一首撕碎的诗

夹杂着凋零的黄叶

飘往东南，落入大海

在海底，竟与小说中的沉船相遇

一叶无人的孤帆

寂寥地漂泊在苍茫大洋上

缓慢地，沿着一个方向漂荡

却终回不到岸上

戈壁塞上的古道

云满地，沙满天，有一些风干了的尸骨

连牛和马都分不清

还有弱小的仙人掌

一边望着风蚀岩的风姿

一边等待着被沙埋没

我绝不会哭泣，因为眼泪会顺着风向飞去
在沙或海上留下一丝痕迹
汗却不一样，它是逆风的

继续走吧，孩子
不要指望有什么风会帮助你
它只会从西边的高原卷着沙土来
再撒在东方的大海里

坚持住自己的内心吧
不要有风化的大地一样的裂痕
不要像风蚀的山岭一样憔悴
不要等到海枯石烂之时
才想起已经被撕碎的诗

希望

春希望夏永不落幕

夏希望秋挥别征途

秋希望冬纵情四海

冬希望春初心不改

梦想是一件大大的外套，裹住小小的我。总有一天我会勇敢长大，张开双臂，把梦想裹在怀里。

欢乐森林札记

1.

用手梳理花丛

用心跨过万重山

遇见猫

便遇见芳香千里

不厌倦马蹄响起

不看淡世间迷离

初溪下泛起秋意

巨石阵里斗转星移

万重山那头

已是森林之外

花间一轮明月

唯是生日的轻笛

2.

精灵能带你去哪里

是树洞?

是池底?

或云端的世界等风响起

透过镜子去看金石

只剩下令人深思的谜题

天空中顿起涟漪

心中只有平静

千万缕水汇在一起

河马可以在里面游泳

也可以淹死穿山甲

躲藏在世界看不见的角落

原来

整个世界都被看清了

3.

有一块七彩石

注满了欲望

没有欲望的人

总能得到它

当噩梦追随了风暴

彩虹擂动了大鼓

被魔法捆绑的世界

是贪婪，还是渴望?

重塑梦里的天堂

才能与现实相抵

修锲圣洁的法典

与文明沉睡到天亮

4.

星空外

还有星空

星空外的星空

藏着遥不可及的宝藏

用什么吸引钻石飞入胸怀

用什么驱逐烈龙遁入火海

用什么净化湖泊回到自然

用什么指引流云冲出谜团

宇宙睁开第三只眼睛

东西方的暖流

顺着潮水和梦交汇

砸穿了两个世界间的通路

5.

与白天马邂逅在老树下

归来的却不是亲人

珍珠悬于沸腾之上

飞船俯瞰整个夜空

冰晶孕育泣血的雪莲

九色鹿沦为战舰的坐骑

山川与河流回复了原状

用一切抹去战争的印记

精灵世界已是边境

月亮那头成为永恒

最后依然选择森林

只因清晨升起了太阳

6.

童话这头是现实

现实那头是远方

今天设计一个梦

明天可以重新阅

欢乐是一切

　　一切即是欢乐。欢乐像一个充满无限爱
的孩子，像从一簇芬芳里发现探出脑袋的猫
咪，更像倦马踏进泛着浓浓秋意的溪水里看
淡迷离，像在山的那头，明月悬挂在森林之
上，像生日时独奏的琴笛。纯洁的精灵等风

起，云层泛起涟漪，与湖面波纹相互映照，一切清澈透明。

欲望是林中布满刺的荆棘，如噩梦初始，会划伤手臂。看着那明亮的星星吧，闪烁着真诚，将森林的污垢净化后回归自然，指引黑暗中迷路的人儿走出谜团，打开真实与理想的互通，编织了潮水与暖流交织的梦。

枯藤老树下，珍珠悬在沸腾中，雪莲依旧在冰川中绽放，山河间也不再有战争。精灵是要回归森林的，月光再微弱也是黑暗中的永恒，它联通在童话与现实中，编织可以反复揣摩、无限企盼的美梦。